此间同香

为风华国乐写意
为东方美学点染
生命被诗乐招安
诗乐将生活拧干

爱是琉璃 ◎ 著

中国文联出版社

图书在版编目（CIP）数据

此间同香 / 爱是琉璃著. -- 北京：中国文联出版社，2025.1. -- ISBN 978-7-5190-5701-5

Ⅰ. I227

中国国家版本馆 CIP 数据核字第 2024VG9451 号

著　　者　爱是琉璃
责任编辑　阴奕璇
责任校对　吉雅欣
装帧设计　肖华珍

出版发行　中国文联出版社有限公司
社　　址　北京市朝阳区农展馆南里 10 号　　邮编　100125
电　　话　010-85923025（发行部）　　　　　010-85923091（总编室）
经　　销　全国新华书店等
印　　刷　北京顶佳世纪印刷有限公司

开　　本　880 毫米 ×1230 毫米　　1/32
印　　张　7.5
字　　数　175 千字
版　　次　2025 年 1 月第 1 版第 1 次印刷
定　　价　49.00 元

版权所有·侵权必究
如有印装质量问题，请与本社发行部联系调换

御光而行，你任春风
——此间泡泪也温柔，时间翊尘也蘅芷

《佛说譬喻经》里有个故事：一个伤心欲绝的母亲，抱着已经死去了的孩子，来到佛陀面前，请求佛陀让她的孩子重生。于是，佛陀嘱咐她到村里，找一户没有死过人的人家讨一粒芥籽。妇人随即进入村子，挨家挨户去寻找没有死过亲人的家庭讨芥子，可是直到日落西山，都无法觅得这样的任何芥子，因为这个世间不存在没有死亡过亲人的家庭。

此间之所以被称作娑婆世界，就是因为生命原本如芥，它充斥着无穷无尽的遗憾与无奈。生死之于我们，许多时候只在一呼一吸之间。所以，秉承当下就是此间应当遇见的自己，拼尽全力的去生活，遇见属于自己的色彩与风采，尽管可能依旧会沦陷在"短的是人生，长的是磨难"的泥淖里，尽管可能依旧会是一抔眼泪

哭红了流沙与车马，但只要还活着，总会在时间的罅隙之间，找到一个为自己而战、为自己而刚的希望，最终，看见自己脚下的路。

行路难，难行路，难也得行！这个千难万难之中，有一种行为，要记得切莫时常开启单曲循环键，即追忆往昔。丰子恺在《不宠无惊过一生》当中有"不乱于心，不困于情。不畏将来，不念过往。如此，安好"。因为在那些回忆里，无论将往事升温到怎样一番的赏心悦目，它们都不会给你的此时此刻填红吐翠，往事与此时同样蕴着凉与暖，那些刹那刹那的芳华，写与不写，说与不说，它们都在岁月的幽深之处静静地生香也默默地煎泪。

这便是我不擅长追忆逝去的光阴、不会将笔墨总是付诸"待把相思灯下诉，一缕新欢，旧恨千千缕。最是人间留不住，朱颜辞镜花辞树"的原因。好友曾戏言我是个没有"情结"的女子，于人、于物，我都不会念念不忘、久久萦怀，更不会每每咒怨、时时叹息。我真的很爱自己，因为此间唯一能长久为你屹立不倒且可以一辈子依靠的是你自己的脊梁、此间唯一不会放弃背弃你的是你自己的不放弃与坚持，那些擦过眼泪的锦帕，只有你自己才能为你自己含着眼泪烘干，所以我不能不珍惜我自己，我没有理由不最爱我自己。

半生羁泊云水，纵是改了名字、旧了容颜，但仍然未改这般心思：此间便是最温柔的好处地，也一定会有悲有欢；此时便是吾心的最长安，也一定会有阴有晴；此途便是香花灯最美的遇见，也一定会有恶有善。很久以前，与昔日的同窗曾经莞尔张爱玲的"朱砂痣与墙上的蚊子血，白月光与襟前的饭粒子"，彼时同学骂我少不更事，而此刻仍旧一笑莞尔，因为自己有洁癖，所以不会让墙上与襟前留下那两种痕迹，而朱砂痣与白月光，我可入诗、可入曲、可入炉、可入茶、可染衣、可当枕，因为这世间本就是"曾买江南千本画，归来一笔不中看"。

无论是哭着喊着才可得以降临此间的生命，还是从来就不会拥有"缴枪不杀"之待遇的人生，不管是"牧笛自由随草远，渔歌得意叩舷归"，抑或是"世间无限丹青手，一片伤心画不成"，一切的一切都是不可或缺的存在与独一无二的风致,就像某场泪洒、某道伤疤、某缕白发,某天回眸之时,她们都将会是生命赋予我们的最绝美的授记。每一场生命都需要在眼泪中闭关,出关之际,便是此间好时节,事去千年尤恨促,与其争愁一日长,不若"酌大斗,更为寿。笑嫣然,舞翩然"。

每个人活得都很不容易,可能原生家庭不好,可能后天际遇糟糕。生、老、病、死的轮回之中,每一分每一秒都在上演着纷纷扰扰、哭哭闹闹、分分合合、甜酸苦辣、冷暖炎凉,于是,林林总总的故事与事故里,哭天抢地、捶胸顿足:我真的不想来人间走一遭啊?!只不过,时间的内存之于每一个生命,它却是最公平的,你认可不认可,你愿意不愿意,时间就是这般如是;它与每个人又是不公平的,它的不公平表现在于长度与宽度,长度是生老病死的过程,宽度是对待生老病死的理念与态度。

时间之内,生命是一场单程的旅行,出生为始发,死亡是终点。这趟旅行的每一个车站与每一个站台,无论荣辱,无论悲欢,无论美丑,无论黑白,无论高光泥泞,无论愿不愿意,它们都是这个世间与你有关的唯一的版本，因此，所有的五蕴离合，都是你此生的最珍贵，也是你开启下一场生命之旅的川资。时间之内，梅尽桃嫣，荷残枫丹，每一个瞬间都美轮美奂，每一个瞬间又都不复再来，纵然有汗血宝马一骑能行三千又三千里，兰因絮果之中，要去的，片缕不存地去了，要来的，荡魂摄魄的来了。

那么，时间之内，难道就真的只能宿命般的去放任自流自己的这一场生命了吗？看不见花溪，亦闻不见鸟鸣，时光的黑洞里，每一次的抗争，每一次的转身，每一次的顿悟，每一次的留白，无一不在演绎：如果你有足够的勇气与慧心，逆着生死之泓，将自己最美好的模样拈做一炉上好的旃檀，用你的一摞心香去供养这个不堪的世间，相信当你将自己种进大地的姓氏——大地的姓氏，是为"地藏"，她包容了一切、滋养了一切、担当了一切，她容纳百川，她擎起万山，她化破败为春泥，她化腐朽为神奇，她容糟粕而生万物，她利万物而不争，如是，地藏有情，与春合一；如是，你若有心，御光而行。

那么，时间之外呢，时间之外，是不是还是时间？生死之外，是不是还是生死？总以为一辈子很长，长到因一缕执念而"春风得意马蹄疾，一日看尽长安花"。总以为一辈子很短，短到因一缕执念而"闲云潭影日悠悠，物换星移几度秋"。轻裘褴褛的时间，碧落黄泉的生死，横亘在生命面前的，从来不是生、老、病、死、爱别离、求不得等人生八苦，而是你自己的八万四千的心思，是你自己缠覆遮障了你自己的灵台，但同时，你，又恰恰是你自己生命普度的、唯一的静虑之桥与般若之舟。

那些在蒲团之上，为名为利、为情为欲的各种乞求，无论多么盛大的一场朝拜与觐见，不过是一场生命的淬炼与体验，到头来，都不敌一江春雨的幽婉清润来得让时间更温情、更清宁——终是人间至味是清欢；终是泪光坐化了此间禅意；终是一寸云心与尘心共筑着檀林。

人生不过三万朝夕而已，哪怕世道不公，哪怕命运不济，不也得活下去、向前看。此间的你我都会在喧嚣、纷乱、迷茫、荒诞里兜兜转转、流离流浪，挣扎、妥协、沉沦、出圈之间，一颗心或许不经意里便染了一岚烟尘，但终有一刻，依旧愿意选择将一颗或者疲惫，或者灰暗，或者破碎，或者重塑的心灵，向着曦阳、向着妙善，也终会有一日，这颗惹了尘的心被惹了尘的心通透、清明，不再狼烟遍野，不再困顿荒芜，终会得来属于自己的河清海晏，得来独属于自己生命的心香一卷。

自此，可生，可老，可病，可死，但同时，也可引箫，也可抚琴，也可使墨。沾染了正觉的时间，葱茏也好，凋零也罢，任泪泯此间也禅悦，任尘翊时间也蘅芷。时间，是时间，非时间，是名时间。生死，是生死，非生死，是名生死。时间内外的时间，生死先后的生死，仿若蜡梅的平生，生，傲寒风，俏寒枝；死，嵌春泥，待春风，苦寒之时暗香疏逸，寂灭之时颐养心识。

故而，暂且借来朱唇贝齿与钟鼓贝叶，零落几粒菩提小字：是与非、泪与笑、荣与辱、尘与净，都已不再重要，重要的是一席"万法缘起"演绎着得失善恶、演绎着荣辱淑芜、演绎着相遇别离、演绎着生命的每一个瞬间。时间如流,生命在一排又一排熬夜的蜡烛之间,用热泪盈眶与一怀赤城的音符,讽诵出一曲婉约婉转又清越清朗的此间同香。

故而,曲音琤然里,思绪在唐时绝句的韵脚之处游走着,眼中的岁月风雪,收割了至暗时刻的光明,与此同时,人生遭遇过的西风或东风烈开了三百六十度的火焰,烧暖了一路向南的马蹄声,所有红过的眼眸,所有惘然过的心灵,所有疲惫不堪的身躯,都会沿着那幅聚焦在禅音之外的图腾,得来一份自己赠予自己生命的慈悲,任运回澜着独属于自己人生的十里春风。

故而,春风之中,门外演绎着诗一样的往昔,无论悲喜,无论动静,无论舍与不舍,无论说与不说,无论了与未了,而每一行诗句之间,一匹足够温热此间凉薄的红霞,映画成了心心念念的九品莲花,尔后,莲香与岁月的尘香披星戴月,在时光的皱纹里豢养着生命的真谛。

故而,勿论云皋三万六抑或是尘寰数十载,我都愿做一个司香之人,高光花影映阶之时,可有清明与清凉之香存于心海,得以不忘形、不忘本；落魄泥淖蚀骨之时，可有韬光与养晦之香存于脊骨，得以不自弃、不自贱。若可以，我还想书一纸盛唐的情肠，用一段黄昏后的疏影与心上的檀韵，在每一个三五之夜，枕月而诗，得尘心寻香，银瓶流琼浆；得五蕴生香，银辉照云桥；得月令晏香，水间生莲意；得云心司香，七茎优钵罗花，飘然落在此间生命的扉页，如是，此间温柔以待，你与我共住心之宝坊。

至此，这本《此间同香》依旧延续了我对中国传统文化的热爱、对香草美人文学的求索，以及对中国丝竹音乐的执念，同样依旧让心魂穿上中式的圆袍广袖，穿越《诗经》、楚辞、汉赋、唐风宋雨，在每一寸些许清寒、些许轻暖的光阴的生宣之上，为国乐写诗，为心灵严净，御一道春光与慧光前行，让心上的诗情与诗间的心事，在清亮与清婉的龙言凤语里怆然、怃然、杳然、怡然、淡然、澄然、般若寂然。

感谢多年对我青眼相加、一路支持陪伴的天南海北的读者与学生们！感谢著名笛箫演奏家、教育家陈悦教授给予我的360°的支持与错爱！感谢出版社的各位领导、前辈、老师的审核与指导！生命不歇，诗心不辍，乐心不绝，我，一直在路上……

2024 年 8 月 23 日
于琉璃光工作室

目录

第一辑　云心司香

半生水云身,半纸平常音。难忘《大唐西域记》的琴韵呼吸,难忘千江明月恩施的菩提。由是——偶得文辞司际会,不言风采不言禅。人间百味临蘅芷,霞外千帆载芰莲。钟啸法音怜墨客,磬悬世事解诗笺。云心湛湛离尘久,远寺迢迢上碧天。

一个人的江湖　/ 003
——听箫曲《悠哉心行》
五味偈　/ 005
——听琴箫曲《无声的禅意》
掌心恩光　/ 009
——听琴曲《掌中解脱》
写给玄奘　/ 011
——听琴曲《一行孤僧》
菩萨的泪　/ 013
——于学生生辰之际
密码　/ 015
——忆母亲

此间不哭　/ 017
　　——听琴箫曲《了无挂碍》
灯　/ 019
　　——寄良师益友
洗旧的丝绸　/ 020
　　——听箫曲《清夜吟》
誓言　/ 022
　　——听琴曲《酒狂》
买断　/ 023
　　——听琴曲《流水》
落梅如初　/ 025
　　——听箫曲《梅花三弄》
没有江湖　/ 027
　　——致好友刘艳芹
多情的佛心　/ 028
　　——听箫曲《古刹》
白露的偈颂　/ 030
　　——听筝曲《月落》
一纸之间　/ 032
　　——听笛曲《云踪》
维摩念　/ 034
　　——听箫曲《圆满》
道侣　/ 036
　　——听箫曲《般若》
慈云　/ 038
　　——听琴箫曲《梵海云僧》
安歌　/ 040
　　——听琴箫曲《夜夜笙歌》
药中茶　/ 041
　　——听琴箫曲《良琴为伴》

菩萨的红豆　/ 043

——写在农历九月十九

"罂粟"与菩提　/ 045

——听琴箫曲《本初之音》

灵台　/ 047

——听琴箫曲《见天地见山水》

天香　/ 049

——写给陆羽

六色教旗下　/ 050

——听琴箫曲《人在草木间》

乡愁　/ 052

——听琴箫曲《独来独往》

有字，无字　/ 054

——听琴箫曲《一味圆融》

笑着，哭了　/ 056

——听琴箫曲《心有归处》

第二辑　五蕴生香

《大乘庄严经》说"烦恼即菩提"，如此，五蕴不正该入了袅袅的炉香。其实，不管恼着还是悟着，五蕴离合的故事每天都在上演，或是悲剧，或是喜剧，或是闹剧，或是哑剧。我们每一个人都在报幕、谢幕之间，做着剧中人或者旁观客，只是无论出演哪一个角色，最终这场华丽又苍白的剧情，留给我们自己生命的判词要么是插翅难逃，要么是逃出生天。我们哭着、笑着、怨着、爱着、沮丧彷徨着、肆意飞扬着、厄运突降着、绝处逢生着，而这些"我与我的世界"，说到底无非生与不生、无非灭与不灭、无非来与不来、无非去与不去、无非爱与不爱、无非愿与不愿、无非惑与不惑、无非悟与不悟，一切只在你的一念之间，一念芙蓉出水不染尘，一念着了袈裟事更多，一念娑婆踽踽行路难，一念心相翩翩涉江宽。三千心念，三千个番外，要怎样，你的人生，命由你立，运由你造，生命的选择题，等你来落笔。

僧敲月下门 / 061
——听琴箫曲《从心所欲》
比刀更刻骨 / 063
——听箫曲《秋天的落霞》
菩提于劫 / 065
——听琴曲《涅槃》
缴械 / 067
——听笛曲《印迹》
你给的茶 / 069
——听琴箫曲《与君共饮》
梅花箫 / 071
——生辰有字
思清照 / 073
——听琴箫曲《风月无古今》
图腾 / 075
——听箫曲《归》
画板 / 077
——听琴箫曲《只生欢喜不生愁》
在河之洲 / 079
——听丝竹合奏曲《苏堤春晓》
宿命 / 081
——听笛曲《泣别》
把酒少年时 / 083
——听箫曲《光阴》

雁书 / 085
——听箫曲《独钓寒江雪》
跋涉 / 087
——听琴箫曲《得失从缘》
渡口 / 089
——听箫曲《野渡无人》
芦花祭 / 091
——听筝曲《如烟》
帘卷宋时意 / 093
——黎明前观冰凌花
桃花扇 / 095
——听丝竹合奏曲《慕莲》
岸疤 / 097
——听琴曲《杨柳岸晓风残月》
此间温柔 / 099
——听箫曲《情醉江南雨》
等风等你等春来 / 101
——听箫曲《春风醉》
冰山灿烂 / 103
——听筝曲《梅》
旧日模样 / 105
——听琴曲《轻御长风》
醉了老酒 / 107
——寄好友生辰
云归 / 109
——听琴箫曲《东山白云意》
西风凉 / 111
——听琴箫曲《西风凉》
不得不选择路过的过客 / 113
——听琴箫曲《无来无去》

只为一个理由 / 115
——听琴箫曲《大地和鸣》
幻茶谜经 / 117
——听琴曲《幻茶谜经》
若可，我爱你 / 118
——写给苏州梅园
密语 / 120
——听琴曲《倚花梦影》
浴火 / 121
——听箫曲《行者》
乡音如纱 / 123
——听琴箫曲《舍此身外》
苏州相城怀想 / 125
——听琴箫曲《天地元音》
思美人 / 127
——听筝曲《思美人》
清响 / 129
——听箫曲《烟雨》
自愈 / 131
——听箫曲《叹惜亭》
铁轨的脚印 / 133
——听筝曲《剪雪》
点红春光 / 135
——听笛曲《幽兰逢春》

第三辑　月令晏香

四时有序，月令晏香。砚台依旧古色，灵台依旧古香，我依旧在老祖母的院子里，摘星研墨，捉虫弄箫，与光阴对饮，与过往言和——梅花小字落伽蓝,轻挽琴心诉月谱。春诵夏弦山海萃,四时有序最琅函。

檀色的思念 / 139
——立春
相思天青色 / 141
——雨水
老祖母的茶 / 143
——春分
天天 / 145
——谷雨
最长的丈量 / 146
——夏至
秋儿的心 / 147
——立秋
琴思 / 149
——七夕
夜醉 / 150
——中秋
青蕊浮新酒 / 152
——白露
37度的相思 / 154
——露寒
红颜不老 / 156
——重阳
我的诗 / 158
——霜降
失色 / 160
——立冬

绕指绕 / 162
——小雪
始终 / 164
——冬至
不言，代言 / 166
——大雪
清极 / 168
——小寒
花骨冷宜香 / 170
——大寒

第四辑　尘心寻香

你我都会在喧嚣、纷乱、迷茫、荒诞里兜兜转转、流离失所，挣扎、妥协、沉沦、出圈之间，一颗心或许不经意里便染了一缕烟尘，但终有一刻，依旧愿意选择将一颗或者疲惫，或者灰暗，或者破碎，或者重塑的心灵，向着暾阳、向着妙善，也终会有一日，这颗惹了尘的心被惹了尘的心通透、清明，不再狼烟四起，不再困顿荒芜，终会得来属于自己的河清海晏，得来独属于自己生命的心香一瓣。

心茶 / 175
——听南箫曲《意阑珊》
心光 / 176
——听箫曲《光》
心径 / 178
——听琴曲《西行取经》
心星 / 180
——听筝曲《扶风》

心痕 / 182
——听箫曲《静虑》

心声 / 184
——听琴曲《我心依旧》

心禅 / 186
——听琴箫曲《任逍遥》

心书 / 188
——听箫曲《明月天涯》

心虹 / 190
——听琴曲《心印自然》

心香 / 192
——听琴曲《四季轮回》

心蝶 / 194
——听琴曲《心游太虚》

心桥 / 196
——听琴曲《渔樵问答》

心钥 / 198
——听筝箫曲《悟》

心钟 / 200
——听筝箫曲《归》

心炬 / 202
——听琴曲《一朵青莲》

心之潭 / 204
——听筝箫曲《醒》

心空 / 206
——听箫曲《空》

诗心，乐心 / 208
——中国式的浪漫主义情怀

第一辑 云心司香

半生水云身,半纸平常音。难忘《大唐西域记》的琴韵呼吸,难忘千江明月恩施的菩提。由是——偶得文辞司际会,不言风采不言禅。人间百味临藓芷,霞外千帆载芰莲。钟啸法音怜墨客,磬悬世事解诗笺。云心湛湛离尘久,远寺迢迢上碧天。

一个人的江湖
——听箫曲《悠哉心行》

以为你只在我的记忆里
原来，你由始至终，无处不在
你给的疼，让我无处可藏
原来四更的山月，更适合聆听古寺的钟声

烟沙漂白四季的青丝
一阕《落梅风》无声落入了雪泥
回忆之中，我的城
曾经被你的温柔重重包围

其实一直深知
花开，只为那一次与你的遇见
这场生命的缘起
袖手着那年的鸿飞不计东与西

取一根肋骨

站成一个人的江湖

由此，可以换来一次禅悟

恰逢远方的一泓溪水正自顾自地潸然

痴了幽谷择居的一颗心

（听陈悦专辑《溪林山风》之《悠哉心行》有感）

五味偈
——听琴箫曲《无声的禅意》

◎ 酸

夜雨潇潇,春衫微凉
一尾木鱼在一声叹息之间
瞥见了一滴眼泪
在千江迢迢的水色里浪迹八方

忘记了到底是哪一年
一弯眉月在天空之城走丢了弧度
相思的圆与缺
从此在肝肠里点燃了禅香

(五味对应五脏,酸入肝)

◎ 甜

青梅倚着青春的明眸善睐
轻轻嗅,香气沁入脾胃
一树的清英流转着我心悠悠

再将你的模样
翻译成四月的馨柔
清摇琴瑟,不问海棠知否

(五味对应五脏,甜入脾)

◎ 苦

柳丝抽绵之时
卸下了厚厚的棉衣
提着老和尚的旧木桶
去后山,汲回一怀清冽的泉水

石上屈膝,静坐

静等一壶茶冲泡着四季与乾坤
清苦与甘甜
席卷着舌尖与心尖

半城风絮，禅意了梅雨帘
一湖新荷相依相偎
待江山初定
顿悟叩钟之偈的来意

（五味对应五脏，苦入心）

◎辣

一声唢呐
将半座城吹得群情激昂
滚烫的温度在肺腑之中
与辛辣热烈相爱

入夜，月之泪凉了诗篇
休说命运无常呀

用一世的因缘,剪一道红妆吧
不绝的思念,直抵喉间

(五味对应五脏,辣入肺)

◎咸

一瓯来自前世的好盐
在万里晴川之下,为肾脏香消玉殒
从此,一幅丹青画卷啊
只为你一个人旖旎

闲言说:你在独领一天的风流
咸语说:灶上本就该设一个水月道场
照见困惑与贪味之人
照见解真空又了妙有之人

(五味对应五脏,咸入肾)

(听喻晓庆专辑《茶界6》之《无声的禅意》有感)

掌心恩光
——听琴曲《掌中解脱》

弥香的懿德，书就了西行之路
你的一脉巍巍莲魂
为千古旁白了一阕绝世的偈赞

拎着被月华洗白的肋骨
五体投地于三尺琴弦之间
怀想着可以得来一个礼拜与觐见

历史的光阴深深浅浅
你的德风挺直了一个民族的脊梁
不止在此间的烟波淡荡

风卷起着唐时的幞头

此间同香

我仿佛听见了隔世的呼唤与叮咛

倏忽之间，掌心开出了慈恩①的妙义

（听龚一专辑《琴呼吸·大唐西域记》之《掌中解脱》有感）

---

① 慈恩：大慈恩寺。乃玄奘法师驻锡之圣地，寺内有大雁塔，此塔作为丝绸之路·长安至天山廊道的路网中的一处遗址点，在2014年6月22日成功被列入《世界遗产名录》。

写给玄奘
——听琴曲《一行孤僧》

如果此生

注定要陷落

却真的不愿为情所惑

尽管城内

莺莺燕语缠绵歌

如果此生

注定要寂寞

也还甘愿寄魂向莲陌

尽管来去

云朋水伴梵音歌

天竺百国

贤僧绝不留

几王送别千里回

去时莲花明眸凝秋水

归时莲相更巍巍

世民皇帝

几度殷勤劝

师视相印为尘埃

慈恩法师有生留遗言

大雁塔内熠熠瑰

如果此生

注定要陷落

依然不会沾染名利船

尽管相印在指边

如果此生

注定要寂寞

依然还愿廿载取经还

尽管历经了九九八十一难

（听龚一专辑《琴呼吸·大唐西域记》之

《一行孤僧》有感）

菩萨的泪
——于学生生辰之际①

那一脉灵逸的圣白

可是莲花在夜里

背倚着山海

面朝着烟火四溢的人间

为你轻吟的六字真言

休说，休说哦

只一句，只一句啊

---

① 当你外出日久方归，回家看见反穿衣、倒趿着鞋为你打开家门的人，她便是你要拜的菩萨。在学生的生日之际，我写下这些小字，献给她与她慈爱的母亲。提及的六字真言中的第四个、第五个字，在汉语中寓意着白莲。

千江的月光

在菩萨的怀里

早已泪流满面

(听常静专辑《星愿》之《星愿》得字)

密码
——忆母亲

淡淡的白月光
照在一张远行的票根之上
湿了酸涩的杯盏
湿了一杯白开水般的心岸

时光打马时光的碟
不说茕茕断章,不说乱红凭祭
似一服治愈烽火狼烟的药引
温软了全世界的老茧

青丝又添了雪
爱与怨在无声地穿针引线

然，始终有一个密码在口纳兰香

经行着檀林的六时梵念

（听喻晓庆、巫娜专辑《天禅4》之

《即见如来》有感）

此间不哭
——听琴箫曲《了无挂碍》

天刚刚亮
清净的念佛声沾着邻家的炊烟
温柔了汤药的药炉
温柔了已经出走半生的肉身

红尘万丈之间
不经意地赠人以花香
不经意地将春风十里拈作半亩菩提
早已被善良的山村野溪
平仄成了一方方染了泪的诗笺

跏趺坐在千江秋水之上
观照着千江的秋月
看水与月在相互成就

此间同香

看此间的你我在共清明共清逸
共同锦心绣口了一江的唐句和宋韵

（听喻晓庆、巫娜专辑《天禅4》之
《了无挂碍》有感）

灯
——寄良师益友

远方的你

在窗前悄然点燃了一盏红烛

黑夜便被烫出了一个窟窿

从此,山川有了温度

从此,四季有了呼吸

从此,我寻来了有关生命的咒语

远方的你

在案前泡了一壶曹溪茶

晨曦便化作了一碗醍醐

从此,静看星河陨落

从此,独听莲台回音

从此,我用花笺誊写着七级浮屠

(听杜如松独奏专辑之《莲台凝香》有感)

洗旧的丝绸
——听箫曲《清夜吟》

紫流苏化作了红泥

曾经的那个撑着油纸伞

结着愁怨的姑娘,整理好三秋的包裹

搭乘上了名为"月令号"的高铁

这一刻,四季的坛场在钟鼓齐鸣

"告别"二字,便洗旧了时光的丝绸

犹记一场又一场的梧桐夜雨

在回首的每一道基弧当中

刺绣着每一个落霞与孤鹜齐飞的时刻

那一泓惊心动魄的秋之明净啊

在秋的最后一个驿站

携着二十四番的花信风,禅坐在了寒枝之上

万籁俱寂,寺鼓初定

捡起篆刻在心尖的几粒星子

就着同清照借来的几滴绿蚁

轻轻地将六字真言别在了祖籍的方向

任三千丈的雪色与白发

沉浸在残箫的三千丈的凉音之间

（听喻晓庆专辑《视念·声消》之《清夜吟》有感）

誓言
——听琴曲《酒狂》

该当如何稽首

才能将岁月的千疮百孔

在一炉檀香的慈悲里

在一弦琴香的流觞里

让我安放一生向往的光风霁月

那可是菩萨的酥手莲花

越过了相思的掌纹

在半曲绝响的苍凉与温润之间

为我的一生疏狂

文上万字符号的刺青

（听龚一专辑《广陵绝响》之《酒狂》有感）

买断
——听琴曲《流水》

一个人的夜啊
在《诗经》的岸边
轻吟浅唱着秋意愈见深浓

一岸是雨的双翅
在锦弦之上挑抹着的倾慕
一岸是你用半生珍藏的阳辉做底色
为我量身定制的牵挂

拈一指与你有关的暗香吧
将少年青葱时光里的肆意飞扬
润进风雨兼程的笔锋
也平来，也仄去
且待白露为霜

又或者将一朵小莲花

种进不生亦不灭的灵台

不忘一颗赤子之心

不忘在隔世的月下肫诚的顶礼

礼拜一方圣洁的水域

一方需要耗尽一生一世的慈悲

才可买断的水域

那是菩萨给予我的情长

（听龚一专辑《广陵绝响》之《流水》有感）

落梅如初
——听箫曲《梅花三弄》

愿用三月的春熙
裹起一朵雪花的清柔
泊在第二颗纽扣的眉心

暮鼓抑或晨钟
皆在点点滴滴的禅墨里
被默写成了一案家书
原来,你终是我前世今生的跏趺

是否曾经的烟雨
可以在疏影横斜之际
越过三千关山
在款款深情落下的钤印周围
用你的气息

再一次将我的城池洗礼

等,你替我穿上青衫
望落梅正初
这一刻,无须醅酒与绿蚁

(听陈悦专辑《精神——东西方的碰撞》之

《梅花三弄》有感)

没有江湖①
——致好友刘艳芹

一场在人间词话里
仄去平来的相遇
是幽夜之逸光
是冲淡空灵里的笙鼓流觞

一叶小舟在旷野的风中穿行
此刻,没有江湖
我只看见了美——
彼此名言绝,空中闻异香

(听常静专辑《旷野之声》之
《伐木·柳莺嘤》有感)

---

① 江湖:人情世故、名利纷争、波诡云谲等,有人的地方就有江湖,而从来演绎江湖的不是江湖本身,而是支撑起"江湖"的人心而已。若是一生可以遇见彼此"没有江湖"之人,该是此间最美的诗情了吧。

多情的佛心
——听箫曲《古刹》

十月的荷凋零了
半亩残魂在清清低吟
莲的心在季节的深处遗世独立
香寂寂,在梦里勘破西风

晨钟暮鼓之中,一百年的烟雨
便私定了彼此的一世相思
始终,你是最风雅

一支被你爱不释手的鸾箫
吹净了红尘万顷
孕育着十方水月坛场

那还是般若六百卷
在实相无相无不相之中
在僧庐的三门前
为我结成的一场三昧妙印

(听陈悦专辑《远行》之《古刹》有感)

此间同香

白露的偈颂①
——听筝曲《月落》

白露的前夜

一瓯蒹葭洇白了珠帘

滴滴说着香漪

滴滴化作了你的绝世清妍

将一片宋词轻轻掰碎

斜逸成一段上古的时光

可沐月，可临风

看五尺秀骨在方寸之处回澜

---

① 偈颂：也称为偈子或偈诗，源自梵语"偈陀"，意为"颂""讽颂"，通常是以诗的形式出现，常见于佛经中，用于表达和总结佛法教义，偈颂的句子长度不一，可以是三字、四字、五字、六字、七字等，通常以四句为一组，偈颂不仅是佛教中的重要文体，也是佛教徒表达佛理和修行体验的重要方式，偈颂的形式多样，包括重颂和孤起颂等，前者是对之前佛法教义的重复和总结，后者则是独立于经文之外的偈语，用于表达特定的佛理或修行者的体验。

只一声"白露"啊
半生便在千回百转之间千回百转
他乡的炊烟此刻袅袅成了
一味慈悲的药引

沁入心脾的半块月亮
在一瓯中药里
被母亲的皱纹般若
且歌且吟着一段流光的偈诵

（听常静专辑《仙渡云霓》之《月落》有感）

一纸之间
——听笛曲《云踪》

你说

那些韵白

早已成为了旧事

我却在一脉箫音里

听到了一卷又一卷的思念

你说

忘记了

最初相遇时的情节

我却在一滴眼泪之间

看见了写了十二个月的红笺

你说

彼此可能

只有一纸的距离

我却在一蓑禅意里

不再问归期有期或无期

（听陈悦专辑《远行》之《云踪》有感）

维摩念
——听箫曲《圆满》

不能出口的文辞
在转身的刹那
疼了前世为你吹箫的人

是否,最美的相遇
都须被一个又一个的圆满
在起风的人间默默地念了又念

怎样的一舟格律啊
方可将你载成永恒的诗章
从此,两岸映一船红

琴箫在维摩诘的耳边轻轻和鸣
一些有关你的情节
被般若成娑婆与菩提
被般若成相离相依的殿堂

（听戴亚专辑《水月空禅心》之《圆满》有感）

道侣
——听箫曲《般若》

捕一缕旧时江南的飘逸

化作扬子江畔的古意

渲染着禅庐外的九十九级青石台阶

不诉浮萍的八十一次的离殇

不诉离殇也是生命的绝唱

遥想佛说的莲池海会

迦陵频伽鸟[①]将鱼山梵呗[②]唱到了荼蘼

---

① 迦陵频伽鸟：佛经中一种神鸟。

② 鱼山梵呗：梵呗始创鱼山，又称鱼山，是鱼山梵或鱼山呗的简称。梵呗是礼乐文明的重要载体。"立于礼、成于乐"，梵是礼更是道，呗是乐更是德。梵，清净、止断、如礼如法之道；呗，歌赞、供养、和雅称叹之德。梵呗是口传心授的觉音"非物质文化遗产"音声学科，通过音声建立法界音声海。梵呗是中国人发展构建佛教思想而形成独特佛教理论音声自性法门，是佛教中国化的重要典范成功案例，是中国佛教音乐的开端，为中国声韵学的发展奠定了基础。2008年6月，梵呗成功申报并被国务院批准公布为第二批国家级非物质文化遗产保护项目。

刹那，梦里云天与飞鸿共万里
尘与非尘皆是菩提的葳蕤

当然仍记得心尖的朱砂
是如何红透了一树树的梅芬
是怎样费尽心机收留了漂泊了半生的雨
那么，此刻就劫来三千佛语吧
带你出逃，不问情不问禅
但得半炉旃檀做伴

（听戴亚专辑《水月空禅心》之《般若》有感）

慈云
——听琴箫曲《梵海云僧》

蘸着东海温柔的水色
在琴上,温润着童儿的梦乡
一怀月色挽着一匹紫竹林的慈云
将过往的风烟雨雾
勾勒成了今日的圆通华章

岁月的檀板在日夜行香
一卷《心经》澄明着东坡的《定风波》
五蕴说破,般若勘破
唯一不能说破的疼在诗里踌躇
在波罗揭谛、波罗僧揭谛之中含蓄

远处的那簇老竹
与记忆里的乡音一样慈悲

日子婉约伴着一炉好香

素衣的旅程,不言遗憾或者圆满

千里之外的一江水啊

慰抚着阎浮提的爱怨与游子的别情

(听龚一专辑《云水吟》之《梵海云僧》有感)

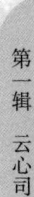

安歌
——听琴箫曲《夜夜笙歌》

若可,若可
愿舍一生的落魄及高光
换来八万四千的风马
供养八万四千的月香与梵香

从此,黑夜
对折在冰与火的地界
从此,八万四千的恐惧
在般若里共诉安歌

(听喻晓庆专辑《茶界6》之《叶叶笙歌》有感)

药中茶
——听琴箫曲《良琴为伴》

中年靠着中药调理着
皱纹被四季悄悄地耕犁
想问那一炉药香啊
是否就此便可以煮透一生的际遇

风穿过驿路的寂寞
穿过他乡陌生又温暖的炊烟
一肩的希望,从此在远方
从此不管家到底还有几站地才能到达

一瓯新茶在梅子青的斗笠盏中
听到了一段芒鞋的往事
宁静了途经的悲欢与善恶
平息了江上来来往往的执念与躁动

挺直清瘦的身影

露出时光与生命的棱角

让岁月的琴弦回归到自然

风雨之中，铮铮之中

我们都读懂了遗憾与眼泪的含量

（听巫娜专辑《天禅6》之《良琴为伴》有感）

菩萨的红豆
——写在农历九月十九

九月的第一滴寒露
撷着钦钦晨钟
演绎出了一天的流光赋
此刻，灯光长于星光
醍醐之处，观音大士的一句偈颂
将人间的格与失格一一摆渡

千里之外是家乡
家乡的院中有红豆也有亲娘
今日，我该当将相思一丝一缕捻作香
在禅思的罅隙之间
将千江的白练绘上千丈的恩光
为心皈依，为你跪拜十方

飞鸿的最后一瞥

鲛绡着清寂，铃印着香记

洛迦山的甘露正在为人间泠泠

普济寺的钟声依旧护佑着天地众生

此刻，一部《妙法莲华经》

我读出了七分菩提，与三分痴意

（听戴亚专辑《水月空禅心》之《心》有感）

"罂粟"与菩提
——听琴箫曲《本初之音》

疏影暗香的时节
我在阳光之下
将阳光一寸一寸地剪碎
撒向你住过的城池

还想临一幅冷雾香凝
然，入画的天空少了你
我听见谁家的胭脂哭红了窗纸

今生，前世
你曾一路风花一路诵梵
直面一季又一季妩媚妖娆

此间同香

今天,昨日

你将一怀最人间的温柔

斗转在一次又一次即将破茧的蝶翼

隔世的红颜依旧在曲水流觞

那一腔圣洁的吟哦

自顾自地在一弦的诗情里翻风回雪

霎时,佛前的莲花开了

(听巫娜专辑《天禅6》之《本初之音》有感)

灵合
——听琴箫曲《见天地见山水》

片片好雪
抖拂起早春的水袖
洇开了压在箱底的桃花笺

一眼千年的山水
便将六出神女的二十四道相思
一一清点,一一落款

凤箫吹落了黄昏
谁在灵台之上含着剔透的泪
其实,一直都明白那个"忘"字
只是一个说谎的虚词

那就沽一弦锦色吧

将正在赶路的几卷春意与春情

匍匐进你给我的诗行

将心魂垂在陆机的沧浪之渊

驾一叶扁舟,扣舷独啸

再拟北斗七星作盏

就着孤光,邀来光阴的诗者对饮

(听喻晓庆专辑《茶界6》之

《见天地见山水》有感)

天香
——写给陆羽

你在茗溪的岸边转身
踏碎了前世今生的琴声
指尖的叮咚,妙印着千古第一茶经
岸边的补记刺青着藕花初兴
一身素衣丈量着如丝如虹的人间

一湾唐时木鱼的眼波深处
为你敲响了一枚又一枚玲珑的字符
化为一朵又一朵的清喜
听,谁在此岸誊写倾心与茶心
谁又在千杯月光之中
望见了一方万里碧云天

(听喻晓庆专辑《茶界5》之《茶心无尘》有感)

六色教旗下
——听琴箫曲《人在草木间》

当一缕箫声将夜色划亮
一株莲的心事里
即便无酒,亦可以把盏醉月
听宫商角徵羽
点翠了那年的寒钟

倏忽之间,有风潜然
几尾鱼儿争渡
那可是彼岸的你
倾尽了一江的春水送它们过岸
然,只有七秒的时间啊

钟声里,春水中
静坐在你辗转半生赠予的红笺之上

一任六色教旗的梵姿静静舒卷

我想——你一定知道

此生，我真的愿为你成莲

（听喻晓庆专辑《茶界6》之《人在草木间》有感）

乡愁
——听琴箫曲《独来独往》

那一日
乡愁是青衣的水袖
一声檀板
惊起了一滩鸥鹭
你在藕间
我在兰舟

那一月
乡愁是渡上的老酒
一江风景
捞出了秦时明月
你在桥尾
我在桥头

那一年

乡愁是第二颗纽扣

一次遇见

植入了蓝田玉暖

你在刻骨

我在难留

那一世

乡愁是沉水的箜篌

一脉烟沙

静虑了殿前鱼板

你在锦瑟

我在云丘

（听喻晓庆、巫娜专辑《天禅4》之
《独来独往》有感）

有字，无字
——听琴箫曲《一味圆融》

你慈悲的眼神

读懂了我心底的晦暗与光明

你的眼神便成了我一生的拐杖

在眉弯勾兑一壶桃花酿吧

一个刹那，扶起了醉

也扶起了相见即别离的惆怅

再拎一片不肯归家的流云

将相遇斜倚在双肩之上

等一个迟到的答案在箫声之中

送你一湖明净的秋水

一寸蒹葭在苍苍的时光里

用一赋纯白的灵魂

修复着被断章取义的一截衷肠

若可,愿为你研磨一抹远方

看一偈春雨在鱼板的眼中绽放

一行珠阕便钓起了一桥的流水往事

我还听见轮回之中

龙华三会的莲池边有一位老罗汉

讲诵着有字或无字的贝叶经

(听喻晓庆专辑《茶界6》之《一味圆融》有感)

笑着，哭了
——听琴箫曲《心有归处》

冬月的某一天
捧来刚刚被暖手炉暖过的目光
轻轻地擦着南阳台的窗

层层水雾与无情的时间对望
一抹泛着凉意的泪花
被异乡的一腔方言
质朴温暖成了"既来之，则安之"

窗外，麻雀啄破雪的梨香
两个孩童的笑脸荡开了一轴画卷
他们拽着雪娃娃的衣裳
天真，环佩

虚构的那个千里之外啊
你的名字在眉睫之上
因了赤子的情怀
颤抖着，化为一座观音禅院

（听巫娜专辑《天禅6》之《心有归处》有感）

第二辑 五蕴生香

《大乘庄严经》说"烦恼即菩提",如此,五蕴不正该入了袅袅的炉香。其实,不管恼着还是悟着,五蕴离合的故事每天都在上演,或是悲剧,或是喜剧,或是闹剧,或是哑剧。我们每一个人都在报幕、谢幕之间,做着剧中人或者旁观客,只是无论出演哪一个角色,最终这场华丽又苍白的剧情,留给我们自己生命的判词要么是插翅难逃,要么是逃出生天。我们哭着、笑着、怨着、爱着、沮丧彷徨着、肆意飞扬着、厄运突降着、绝处逢生着,而这些"我与我的世界",说到底无非生与不生、无非灭与不灭、无非来与不来、无非去与不去、无非爱与不爱、无非愿与不愿、无非惑与不惑、无非悟与不悟,一切只在你的一念之间,一念芙蓉出水不染尘,一念着了袈裟事更多,一念婆婆踽踽行路难,一念心相翩翩涉江宽。三千心念,三千个番外,要怎样,你的人生,命由你立,运由你造,生命的选择题,等你来落笔。

僧敲月下门
——听琴箫曲《从心所欲》

曾经的桃花灼灼

在琴声里化作了雪

此刻，默诵着十二因缘

听着几滴白露轻叩月下之门

记忆中的青苔

几度斑驳过四月的小楼

白墙映柳，那些明眸皓齿的旧光阴

在云泊万里风烟之时

载入了万里白帆

扯来一缕天禅的禅意吧

半段，剪作建安诗人的宽袍大袖

半段，化作鱼山梵呗陪我走过冬夏春秋

往事依然在潜墨游走

几行禅音也依然在一言一行中留守

（听巫娜专辑《天禅6》之《从心所欲》有感）

比刀更刻骨
——听箫曲《秋天的落霞》

案上的青瓷笔筒
布满经年的开片与墨晕
原来你与我的相遇
在提笔与运腕之间早就已经
被编织成了一阕宋词

狼毫有时会比篆刀
更令人铭心刻骨
只一个句读
就会让半轮宋时的明月
沦陷在心上逶迤的万里江山

一抹云霞
落在了他乡色彩斑斓的秋

此间同香

独自打马走过的一页页的风景
有怨,有爱

红了或是白了的刀锋光阴
又岂能不知千里之外
一直有个人穿着单薄的素衣
倚着门,望眼欲穿
在等着我不再犹豫地传回书信

(听谭炎健《秋天的落霞》有感)

菩提于劫
——听琴曲《涅槃》

108颗的菩提子
正好串成了一枝梅的模样
转身，宝鼎热着乾达婆的名香
温暖了脚下的跋山涉水

无论是莲步轻盈
还是霹雳雷霆
有一种水墨三昧定会
为你埋下一个不可预判的伏笔

与你的情缘
来自那日的梅园偶遇
而后，用尽了一辈子的墨华
为这场相思做着声势浩大的眉批

昔年在目光里泛着涟漪

黄昏的地平线

划出的那一句离别

让一颗炽热的心沉入了永夜

或许，以梅为妻

该是一个生命涅槃之时

最美最禅意的境地

（听巫娜专辑《天禅2》之《涅槃》有感）

缴械
——听笛曲《印迹》

你以强盗的方式
攻城略地
播下天长地久
再以万千柔情的温度
让这份爱加速度地蓬勃生长

参天大树结满了籽实
你是我的最相思
在我的世界，肆意妖娆
横冲直撞地豢养着我的甜与苦

云水终是你与生俱来的风骨
不管我的思念
早已仿若春草一般疯狂地蔓延

一个人的翻风回雪啊

又美，又疼

要以怎样一个飘逸的翻手

给来时的路一个抖袖

再用沙哑的吟哦在几句韵白之间

送你的白帆远走

从此，泪痕锈渍了我的门轴

（听林海专辑《大明宫词》之《印迹》有感）

你给的茶
——听琴箫曲《与君共饮》

循着你的清冽
将梦打开
或许夜半无人私语时
你会直抵思念的最深之处

一脉暗香
叩击着夜的幽弦
两腋生清风啊

相见恨晚
一吻诉别离
再吻，千回百转

此间同香

夏至眺望着冬至

沸点伏在冰点的肩头

在淡淡的茶烟中目送隐去的背影

来，喝完这一盏吧

不管明天你是谁的天荒地老

（听巫娜专辑《茶界7》之《与君共饮》有感）

梅花箫
——生辰有字

那么甜蜜
一岁的芳辰
引燃了远方的一眸秋水

一直都知
那把大漆的梅花箫
定是你涉溪而来的红尘香迹

一直都知
有一个名字
在日渐泛黄的岁月
湿了,就再也没有被晾干

一直都知
你在对岸扶起了江南
而我，扶起了江南窖藏的雨

轻轻耳语吧
待到小梅醉花枝儿
摘两朵，豢养相望与相依

（听赵聪专辑《琵琶新语》之《柔情似水》有感）

思清照
——听琴箫曲《风月无古今》

多想在墨晕之间打马

打马去一趟你曾经住过的城

让万叠浣花笺

浣出一路只有你的相思卷

看万里云山萃青

看一炉上好的沉香为你开至荼蘼

曾记得桃夭在漱玉的路口

唱尽了你的绝代风华

曾记得舴艋是如何被无情地催发

更记得你是真的想将深情种在武陵溪

若可,真的愿意

愿为你点燃百里的虹霞

此间同香

当一万朵香云
化作了一幢伞盖之时
三千贝叶便为你颂尽了三千慈悲

假若，伽蓝门畔
真的会有来生
定有一枝莲
穿越了千年的时光隧道
为你写断此间的清瑶与清梵

（听巫娜专辑《风月无古今》之
《风月无古今》有感）

图腾
——听箫曲《归》

在这个三月
你是否依旧愿意
轻掩当年为我特设的春帷
以及心底的一摞笛音

笛声吹暖了一江春水
柳絮便绽放了一整个春天的绵香
给等待一个低头的温柔吧
煮透心底的江南
与家乡的图腾

嗒嗒的马蹄声
将往事在凹凸有致的青石板上
历练出了一城雨的芳华

说着我不是你的过客

那一城的乡音啊
从少年青葱到青衫斑驳
你都在告诉我，只要是美丽的
就不会是一个错误

（听戴亚专辑《水月空禅心》之《归》有感）

画板
——听琴箫曲《只生欢喜不生愁》

将你种进眼波流转
风,不经意地泛起了涟漪
与一双相依相偎的燕儿
微醺在了岁月的回音与诗意里

线装的文字
在青瓷般的枝丫之间被缓缓地翻阅
远处的三尺酒旗轻裹竹笛
半亩的清丽便流淌出了
菜花黄,梨花白

来吧,擎起天空
化作一块生命的调色板
让雨的幽香淡描你的眉鬓

让岁月的清芬在岁月里呢喃

让青春始终不退场

日复一日，年复一年

（听巫娜专辑《茶界2》之
《只生欢喜不生愁》有感）

在河之洲
——听丝竹合奏曲《苏堤春晓》

执一节竹笛
温热耳畔的叮咛
——山水葱茏
五月就此跌进了眸底

剪下在《国风》里熟透了的牵挂
裱进一幅写意的山水
瞬间,有凉风掠过心湖

格子窗前,墨迹斑斑
依旧锁不住刻骨铭心的光阴
抬头,看见窗外

一枝春携着乌篷回来了
还有你

（听平远专辑《情牵西子湖》之
《苏堤春晓》有感）

宿命
——听笛曲《泣别》

宿命一直在宿命里香艳
剪断了月亮的羽翼
随风招摇着三丈几的水袖

将一张帝释天的俊脸
与迦楼罗至死不改的魔性
一起兜售给四海八荒吧

独活便在云霓的顶端
将上古的龙笛吹到了气若游丝
一场致命的邂逅掺着上邪

倘若山真的无陵了
与命运一直对垒的你会与谁
一起走进含泪的诗行

（听林海专辑《武侠音乐系列第二部》之
《泣别》有感）

把酒少年时
——听箫曲《光阴》

一枝梅站成了一首《将进酒》
那是你离开时的模样
当再次举起琉璃杯
那些被燕泥尘封的时光
有瘦藤绕冷桐,也有枫桥照花影

提一篮未曾更改的记忆
在被霜花斩断的转角将往事唤醒
独属于你的编程便随着回车键
将相思熬得比夜还长
这一刻,失眠的双眸亮了家乡的灯笼

风在光阴的流沙之中
独享着伯牙子期的流水高山

醉卧在了自己的一根孤弦之上

那个文在胸口的江南啊

你可还记得当年那个风采卓然的少年

在渡上，筛星煮酒

（听凉月专辑《情醉江南雨》之《光阴》有感）

雁书
——听箫曲《独钓寒江雪》

窗畔一灯如莲
灯晕里，一袭画纸
蘸着雪色，将夜轻轻临摹

心事一直深居简出
怕北风再次划伤日渐结痂的相思
此岸与彼岸一直做着挣扎

见与不见
依旧会怂恿着唐诗里的梨花
不管不顾地绽放

鸿雁若是真的可以传书啊

请告诉彼此吧

记得要加一件衣裳

（听李祥霆专辑《唐人诗意》之《独钓寒江雪》有感）

跋涉
——听琴箫曲《得失从缘》

是雾,是霾
是淡了的墨与伤了的心
洇染着灰蒙蒙的天空

晨钟响起时
给字也戴上口罩吧
过滤掉那一缕被异化了的西风

再系上你送的羊绒围巾
你的温柔与忧郁
便顺着经线爬进了我的心间

那些用心用肺写下的字
在看得见与看不见的浮尘之间

此间同香

被一个个动词无辜地刺痛

桃园紧锁的苍凉啊
要穿越几程山水
才能将长安快递到你住的城

（听喻晓庆、巫娜专辑《天禅5》之
《得失从缘》有感）

渡口
——听箫曲《野渡无人》

别离的痛
我深懂,为此
你将泪一滴一滴地珍藏
不让它逐风彷徨

飞舟载酒啊
载满了醉也载满了哀伤
谁的眸,酸涩了两岸
酸涩了天涯碧草与烟波茫茫

你可知,自别后
左心室一直跳动着你的脉搏

此刻,只能掬水月和相思一起成疾

托万里的白浪告慰依依

(听李祥霆专辑《唐人诗意》之

《野渡无人》有感)

芦花祭
——听筝曲《如烟》

将一生的至爱
在半阕宋词里扶上马背
而后,尘烟一骑
不带走我的一滴眼泪

不尽的眷眷
却在月色如雪的夜里
疼着心字香的凉薄与寂寞

相遇的城依旧人流熙攘
梦里的落花
无言地凋零着一个人的憔悴

红豆依旧红着你离去的方向

漫天的芦花祭奠了

三五之夜的千回百转

（听常静专辑《常静同名专辑》之《如烟》有感）

帘卷宋时意
——黎明前观冰凌花

星光此刻没有昨夜那般灿烂
你若月亮的羽翼
又若青衣在庭前抖拂的水袖
凉薄又柔情

珠帘的思绪在轻轻摇曳
一个宋时的黎明又将呱呱坠地
多年种在心底的婉约
便滑向了灯光与天光的边界
滑向了易安的指尖

反复擎蹙的那一抹清霜啊
是你,为我扶起了含泪的朝阳

以及仄去平来的

风雨兼程

（听李祥霆专辑《宋人词意》之

《清晨帘幕卷清霜》有感）

桃花扇
——听丝竹合奏曲《慕莲》

想将一句"不见"
消瘦成一道虹画向心扉
想将你搁置在书房的三尺之外
不料,影子却拉长了隐匿的相思

一支江南的小小莲蓬
推开了我在异乡借居的门
互相拉扯的藕丝啊
迢迢的旅途当中
你又缠绕过谁家的朝朝暮暮

在雨巷默默地打捞
捞出了一本残页的《随园诗话》
想问那桃花,到底是该用扇面还是扇底

折成一个前朝的驿站

可是栖霞山，可是白云庵

（听林海专辑《武侠音乐系列第二部》之

《慕莲》有感）

岑疤
——听琴曲《杨柳岸晓风残月》

轻轻划着玻璃上的水汽
却，挽不起为你等待的憔悴

龙潜月的晨风摇曳了雪的纤腰
心尖上的一份牵挂
在梦中濡湿了昨夜的目光

漫过记忆的荷塘
你恋了谁，我等了谁

用一杯珍藏的荷露
封印了第二颗纽扣的疼痛与伤疤

相思被叫作岸的劫持了

一只折翅的单雁

只好将遗憾与希冀撒向了远方

或许该有两个字可以美丽一生

老来，不遗忘

（听李祥霆专辑《宋人词意》之《杨柳岸晓风残月》有感）

此间温柔
——听箫曲《情醉江南雨》

一只小小的乌篷在盘桓
不知是因了潮汐还是因了情痴
一兜的星子便不管不顾地
跌进了无边的水色

我是真的喜欢你的清浅
喜欢一弦含情的烟雨
在格子窗的内外轻灵地穿行
以及那些遗落在青石板上的不言

秋千院落里的故事
书写着赤子不变的衷肠
休说啊,半生的流光在虚度
一腔的爱念早已被一滴雁鸣默默浸染

时光的风蜇疼了我的心

一树箫声吹白了袖里珍藏已久的蒹葭

若可,愿与你邂逅在平江河畔

脱去华服,着一身布裙荆钗

在几点欸乃声中,尽享你的温柔

（听凉月专辑《情醉江南雨》之

《情醉江南雨》有感）

等风等你等春来
——听箫曲《春风醉》

等待是岁月的句读,也是梵歌
仿若远处地平线上的昏暗与青霞
在对决之时的沉默与吟哦
——光明绝对不会永远被肆意地蹉跎

你看,黑夜的寿命
真的就只剩下了短暂的最后一刹
你看,你的青丝不仅染了雪
也还簪着一枝清香又宛然的小桃花

你可以坐在阳光洒满的篱笆院
眼里盈着坦然的笑意
唇角盛开的弧度
只需一个瞬间,便足以

此间同香

让漫山遍野的姹紫嫣红失了颜色

当然你还可以再挽一骑温柔
又不失力道的清风
先将心事吹起一个轮廓
再吹出一幅溢满了人间烟火的画作
最后，吹成了一片完整又生动的山川湖泊

（听凉月专辑《情醉江南雨》之《春风醉》有感）

冰山灿烂
——听筝曲《梅》

最后的一枚桐叶
在一句"珍重"当中香消玉殒
此间的相聚与离别
成为季节可有可无的悼词

而你,是我的旧人啊
一句"珍重"怎么可能是你来过的意义
往事系着你的名字
也悬着我的姓氏

那脉不为人知的相思
在冰上缠绵,在火里灿烂
始终在季节的深处,荡气回肠
这场仄去平来的遇见啊

此间同香

将一株梅种在兰若旁

待到梅花怒放,我便焚香沐浴

而后,再煮一壶霁月清风

等你来同我与天地共盏

(听常静专辑《常静同名专辑》之《梅》有感)

旧日模样
——听琴曲《轻御长风》

将中式的台灯熄了
昏暗之中，脉脉地点亮记忆
那些曾经最美的碎片
化作恋人的柔指划出了一湾春水

一支借来的短笛
吹醉了一坡不知名的花儿
天青色的痴念，与潮湿的心事
被四月的芳菲暖了个透

这一刻，拐入最暖的诗境吧
将诗的眉眼抛向初相遇的城池
再在城上的垛口，画上自己旧日的模样

此间同香

以今生的名义轻御长风

且学渊明赋归去,共将诗酒趁年华

(听巫娜专辑《七弦清音》之

《轻御长风》有感)

醉了老酒
——寄好友生辰

清煮一杯李白的月光
往事便氤进了画中
将藏了许久的深情铺在月下
让你我的距离不再隔着一道关山

轻抿一口月色
一根归去来兮的心弦
便由风雪潇潇的数九拨向了三伏

可否借得一脉藕花的腰身
纹上你的殷切叮咛
根治在此间患上的踽踽独行

再于画外也种下一轮明月

当婵娟共千里之时

九万里的清辉

便醉了岁月两岸的老酒

（听巫娜专辑《七弦清音》之《水清见月》有感）

云归
——听琴箫曲《东山白云意》

当昔年的一脉青釉
只剩下记忆中的素烧
你始终是万亩云裳的欲罢不能

是否在今夜的梦里
可以挥毫出有你的一方玉色
而在玉色的明镜之中
那把将夏夜扇凉的纨扇
真的又在轻舞白露为霜时的归期

碧波跌宕，山水泼墨
晕开了白云的伏笔

此间同香

缘来，我一直在沙洲听箫

你在岸头引凤

（听巫娜专辑《茶界8》之

《东山白云意》有感）

西风凉
——听琴箫曲《西风凉》

当有你的那些光阴
静成碎片之时
呼吸便开始渗着猩红

为光阴窖藏起的那个昔日词牌
在掉了漆的南箫之中
泣不成声

你一定不知
每一次划开手机
在目光扫过联系人一栏的刹那
你的名字
仿若丝绸般地划过耳际

此间同香

却又在一刹那之间

每一朵心音

皆被没骨成了雪中的枯荷

如果时间能够冲淡过往

是否时间会告诉

当有你的那些光阴

静成碎片时

那也只是一个人的猩红

一个人的刻骨

（听喻晓庆专辑《茶界3》之《西风凉》有感）

不得不选择路过的过客
——听琴箫曲《无来无去》

独坐黄昏，沉思
残山与剩水被夕阳做旧
思绪点燃了楼上楼下的檀香
我用心声一遍遍地呼唤着你的名字
没有回音，只有匆匆

日子被暮秋
写成了别着泪花的绝句
一把恒河沙的传说
在每一个秋风秋雨愁煞人的时刻
为自己罗列了一叠凉薄的借口

在半曲婉约的箫音里
伪装成了一个不得不选择

此间同香

路过的,过客

空山寂寂,你可曾看见

(听巫娜专辑《空山寂寂》之《无来无去》有感)

只为一个理由
——听琴箫曲《大地和鸣》

夜蘸着箫声
将初见和结局
一并交给了一勺上弦月
荷便残在了梦之外
梦里的清霜渐长渐肥

轻摘梦里的莲蓬
青衣的一滴泪便在半墙的秋风里
将一生的清寂涂擦在
被时光漂白了的巷口与城头

季节的跫音深处
还原了一阕蒹葭苍苍的爱念
而后，点燃了漫天的红叶

此间同香

当相思烫疼了光阴

平平仄仄便只剩下了一个理由

胡杨因你,三千年不朽

(听巫娜专辑《天禅6》之《大地和鸣》有感)

幻茶谜经
——听琴曲《幻茶谜经》

想

在离心最近的地方

落下一枚钤印

从此,云霞斐然着华发

重温回忆里的暖

你是永世不换的相守相欠

想

在暮色渐浓的时刻

剪一道月之门

从此,门里入心着门外

寂然圆融着轩然

你是光阴唯一赠予的茶经

(听巫娜专辑《天禅6》之《幻茶谜经》有感)

若可，我爱你
——写给苏州梅园

与你自相遇之初
一直在五体投地伏乞
可以向今生的因缘借一窗春晖
画圆宿命里的那场离别

风蘸着春水的相思之苦
在眉间心上做着默写
一朵梅花在泪眼之中飘然而落
哪一世，爱无须再感伤千里

啃噬胸口的梅魂
日日夜夜地飞香着小桥流水
一湾深情便在苏绣的经纬里四目含泪
谁的指尖浸染了一树冷芬

谁又默默地放飞了慈悲的孔明灯

渴望在水墨中垂钓
钓出了一副从未更改的赤子情长
在梅的风致与风骨之间穿行
如是，你可愿为遇见种下一亩花田
半亩，四季将相思描成兰舟
半亩，兰舟只为一个人等

（听巫娜专辑《一叶一菩提》之
《无尽的慈悲》有感）

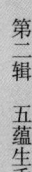

密语
——听琴曲《倚花梦影》

月华泄露的秘密
在箫声里悄然地流淌
一急，一缓
层层迭出了千万般的皎洁

抬眸的刹那
半江的秋水荡开了百尺涟漪
低眉，素练许着白裳
那一袭化不开的温柔啊

轻轻握，轻轻吟
唯恐惊了不能言表的相思
唯恐从此为你今生想念的表情
画上一湾紫色的忧郁

（听巫娜专辑《风月无古今》之《倚花梦影》有感）

浴火
——听箫曲《行者》

搜出所有蒙尘的书简
七页、七页地投进炭盆
流着泪的红焰之上
流转了七分决绝与三分缠绵

冷,料峭着你来过的痕迹
那些人间的相聚离别
在岁月如风的情绪之间变幻无常
其实,我一直都知
不该忘却娑婆世界本来的样子

也曾默念过千遍的月满西楼
然,水上的墨盒
还是写不圆满你的名

当星子再一次打湿了双眸
他乡残缺的泥炉畔
终于了悟了生命的来处

其实,若是当时仍犹在
我也只能住进自己的慈悲毗尼之中
这是唯一的,浴火

(听凉月专辑《情醉江南雨》之《行者》有感)

乡音如纱
——听琴箫曲《舍此身外》

将十指洗净
演奏一支最钟爱的箫曲吧
起起落落之间
流光被吹到了相思如纱

犹记那年的牡丹
红透过我的青葱时光
依然不敌此刻藏在怀里的
你寄来的乡音

北方的云
憔悴着我的门
仲冬的豪雪在冰冻的江心
婉约着非法入境的雨

风月瘦如刀啊

岸边的白发，在诉说着

尘归尘，尘无尘

（听巫娜专辑《茶界》之《舍此身外》有感）

苏州相城怀想
——听琴箫曲《天地元音》

半行诗意
在千年古道的尽头被没骨
有关你的浓浓淡淡
化作了几笔行草的车辙

谁在小心翼翼
又情非得已地道明来意
繁体写出的相思二字
始终如一地
在岁月的山川之中徘徊低吟

目光蹚过了一道道春水
蘸着四月的天青色
在拐角之处等一个恒久的落款

此间同香

等一种可以留白成清婉清宁的语气

开头唤来一大片渴望已久的春光
末尾扎进几只青鸟衔来新绿
而后放下陈年的叹息
给最爱的诗章,插上翅膀
从此,翱翔九万里

(听巫娜专辑《茶界7》之《天地元音》有感)

思美人
——听筝曲《思美人》

你柔婉的双眸
读懂了我心底最深处的相思
蛊惑着我一生的比兴

月下,你将桃花一舞千里
惊艳着风华绝代的醉
惊慌了相见与别离

拎几缕杏花的素净
文出旧日模样
一份心照不宣的倾心
在梦的边缘衔来了三尺春水

此间同香

为爱研磨一怀远方吧

让一怀平仄可以在墨的唇间绽放

让一行珠阕可以扶起小桥流水

将一池荷香放养

（听常静专辑《思美人·电视剧〈思美人〉主题曲》有感）

清响
——听箫曲《烟雨》

早春,拄风
一船冰羽将一页梨雪泅渡
乍暖还凉的字粘着字
在寒山寺外的桥上慢慢地醒了

汉白玉凿出的魂魄啊
是不是我只要默默地虔诚礼拜
江南的一杆烟雨
便可清晰明媚了一生的征途

记忆里的满苑丹青
修葺着人面桃花与佛前的莲花
半生不拘一格的狼毫
便在漏风的乌篷船里驰骋了三千里

春夜，斑斓无限

化作了旧日寄存的汩汩水声

还有一只东吴的白鹭

唤来了一船的清响

（听凉月专辑《情醉江南雨》之《烟雨》有感）

自愈
——听箫曲《叹惜亭》

梧桐已经无叶
雨夹着雪在寒枝之间咒骂着北风
风无言,唯扔下满眼的雾霾
看不见春,看不清你

季节给的伤口终会愈合
一声声的叹息
跌进了纸上淋漓的梧桐细雨
模糊了失神的双眸

寒霜无情地
雕刻着时光的法令纹
这一刻,将一片丹心研成墨吧

图画出一袖的枫叶

煨暖一节浪迹天涯的箫声

（听凉月专辑《情醉江南雨》之《叹惜亭》有感）

铁轨的脚印
——听筝曲《剪雪》

半捆秸秆
烧红了泥炉
烧红了慈祥的村庄
烧红了冬日的十丈朝霞

挂满冰凌的屋檐
剔透着阶前的雪花
落寞了谁，惦记了谁

昨夜在纸上
点亮了一盏灯笼
照见一列火车驶过村口

此间同香

掌心挤进那年相遇的月光
原来，过尽千帆
依然无法抹去你爱过的痕迹

一眸落寞不关乡愁
双瞳扫出的路
被等待潸然

坐在积雪独白的铁轨之上
将心事虚掩
一行脚印
挂在了我的窗前

（听常静专辑《常静同名专辑》之《剪雪》有感）

点红春光
——听笛曲《幽兰逢春》

阴极,阳才始至
这一夜最静
不问来时自己选择的是哪条路
只命自己摘得几枝挺直脊背的残荷
化作梦里的三尺芳菲

那时的花正红,我还是少年
一碗最醇美的心事
和着月色落在水色的中央
岸上的一个红灯笼守着最温柔的乡音

皱纹里,流浪着人间的故事
也慈悲了人间的故事
倚着雕花的窗,不再追忆

此间同香

是一半被雪藏,还是一半正在张望

风大雪朔的征程
在各种药剂之间努力地跋涉
愿用毕生的善良与信念
擦去岁月耍无赖一般堆起的乱码

那一刻,我不言
不言生命之中所有的倒霉与破败
只愿激起生命里所有的芬芳
在幽兰的眉间与指尖
点红心中恒长希冀的春光

(听《中国音乐地图》之陈悦
笛曲《幽兰逢春》有感)

第三辑 月令晏香

> 此间同香

　　四时有序，月令晏香。砚台依旧古色，灵台依旧古香，我依旧在老祖母的院子里，摘星研墨，捉虫弄簪，与光阴对饮，与过往言和——梅花小字落伽蓝，轻揽琴心诉月谙。春诵夏弦山海萃，四时有序最琅函。

檀色的思念
——立春

将一枝梅花
探进月令的锁孔
张望着你一袭羽裳降临的方向
草色青青吟,溪声轻轻唱

骀荡的风若奔跑的足音
叩动着轮回的门环
早已忘了相遇即别离的忧伤

请,别用泪眼蒙眬相送
请,合上冬季素白凉薄的书页
请,在我的玉管里尽情地讲述天地为证

此间同香

请！一定还要记得
赠予你的檀色封面与封底
是我双眸恒久的思念
还有镌刻着千年的传说与沉香

（听喻晓庆、赵晓霞专辑《茶界3》之
《沉香缕》有感）

相思天青色
——雨水

相思拐进

诗意的春之风华

婉约了仪容万方的纠葛

将昨夜收藏的雪蝶

温柔地一遍又一遍地喂养

梦中的天青色

便在指尖之上一泻千里

一袭旧年藏起的桃花

落款着耳鬓厮磨

在东吴的摇橹声中含羞带露

此间同香

一双上了年纪的燕子
在些许斑驳的梁上呢喃低语
这时,我若唤来一湖的芙蓉雨
你可愿许我一个三生

住在袖口的光阴啊
蘸着檀香也噙着彼此的泪香
在一首绝句的最高处
扯着如歌的行板拓暖了他乡的月

(听喻晓庆、赵晓霞专辑《茶界3》之
《芙蓉雨》有感)

老祖母的茶
——春分

戴上斗笠在雨中
摘一捧青梅,或大或小
梦中,那把老祖母留下的紫砂壶
便煮透了前世的茶音与乡音

一份思念
魅惑着一年又一年
能否唤醒八百年前的青瓷窑
窖藏绵延不绝的疼惜

一盏茶的沉沦之间
换来了万斛胭脂红了回家的路口
借一枕的清凉的月吧
让时光的涟漪只载清喜

无奈,诗句薄了烟雨

也薄了距离

或许今生只剩下了最后的痴意

痴,你在齿间,你在唇畔

(听喻晓庆专辑《茶界6》之《茶界痴客》有感)

夭夭
——谷雨

风，蘸着暮春的酥雨
为光阴镀上一层淡淡的绿色

抖落冬日深深浅浅的寒霜
等，一场温柔淋透过往
等，龟裂的誓言横渡红尘万丈

剪一段晋时的水墨
没骨成只为你描摹的一眸风景
画中，留白了一枝禅意

带我逃离昨天吧
与谢道韫一起天涯浪迹

（听喻晓庆专辑《茶界5》之《一席一天地》有感）

最长的丈量
——夏至

我站在北回归线上
踩着自己的影子
携着半亩青莲静静地仰望

90度的太阳高度角之下
几亩荷风潋滟着你的影子
很短,很短,很短
短到我怎么努力
也留不住昨夜月亮留下的阴凉

或许,这一生的日光
都会很长、很长、很长
如此这般长的旅程
你是否愿意跋山涉水为我丈量

(听喻晓庆专辑《夏风》之《天空》有感)

秋儿的心
——立秋

窸窸窣窣的暮雨声中
那个小名儿唤作秋儿的女子
在沉水之滨的梧桐渡口
静静地轻舒广袖

回眸，细草平沙
一只白鹭衔起了一滴清露
在一叶扁舟的烟渚里脉脉啄香
倏然之间，半亩新凉
弥漫了美人的枕簟

雨意幽玄，在一枝荷笺之上
旖旎着绝世风华
此刻，你与我

此间同香

只隔了一曲《秋水悠悠》的清念

或许玉钩正在钩开一砚明月
当墨魂力透纸背
那些人间最温柔的文字
便在夜的边缘,虔诚为你合十

(听巫娜专辑《秋水悠悠》之《秋水悠悠》有感)

琴思
——七夕

酉时一至,风渡天籁
七夕款款就上了岸

一行行专程为你排列的文字
在鹊桥之上默默地徘徊
却始终唯有你能看见

笛声被眷眷柔情种进了山水
绮思半缕,良愿半溪

一弦的缠绵自上古便开始上演
沧海桑田,始终两心不悔
那就请在彼此的肋骨别上一枝桃花吧

(听巫娜专辑《茶界9》之《皆是春风》有感)

疲醉
——中秋

越积越多的情节
沉没在旧时院落的荷花缸

期待三五之夜的潮水
可以将一颗红豆送至我的梦乡

这是一个在两岸清冽的梦
一湖琴丝与雁鸣
在一阕宋词里
偶遇了千古的李易安

一滩鸥鹭不争,沙渚正平

夜风送来了几滴清照赠送的绿蚁

(听喻晓庆、赵晓霞专辑《茶界3》之

《清宵半》有感)

青葱浮新酒
——白露

心上的三寸日光
倚薄了红藕香残的玉簟秋
半江相思在半江秋声里
溯洄着那年的旧时光

谁在顺流而下
谁在逆流而上
谁在九月的呼吸里平仄着朔望
谁又在水色莞尔之间
勾兑着千古清肠

心音,自是瞒不过心音
想在黄昏或是破晓
借来《离骚》踏遍万水千山之落英

只为可以朝饮木兰之坠露兮

于是便择了一个吉时
挑着一箩筐菊花的清华高洁
去拜见"青蕊浮新酒"的杨万里
一个雁字却将我抛进了
万里岚烟淡荡的红尘客栈

（听喻晓庆、赵晓霞专辑《茶界4》之
《红尘惊艳》有感）

37度的相思
——露寒

将相遇横陈在秋云之外
轻柔的火焰点燃了千丈霞光
回眸之间,指间的胭脂红
失措着一轴《心经》

能否轻剪一截云外的柳腰
烫熨出一幅含香的花笺
再蓄半个城的秋之恋
缱缱绻绻、喁喁私语到天明

于茶庐的后山
种下了37度的秋心
勿论乾、坤、坎、离

脉脉夕照里,半山是那个初我

半山是一树的松露在修行

(听喻晓庆、赵晓霞专辑《茶界4》之

《勿忘初我》有感)

红颜不老
——重阳

重阳，挂在了黛瓦屋檐
清冷透光的纱帘之上
悬着一双渴盼人间烟火的眼
以及期待天不老、情难绝的孔明灯

黄绿相间的昨夜
在记忆的露冷星凉里静静地飘散
雨雾氤氲着不曾走远的往事
在手心融汇成了一笛来自前世的呼吸

一朵被李清照照拂过的菊
停泊在了半盏银霜里
她是在等一簇泪花的下半场吗
是在等，等用一个季节的身家性命

缝合宿命的寒意吗

如是,燃一枝莲蓬吧
温暖在生宣之上漂泊的雪花
在月令篇的中场,给红颜一个吻
让花魂从此与诗魂共枕

（听喻晓庆、赵晓霞专辑《茶界5》之
《从来佳茗似佳人》有感）

我的诗
——霜降

一枚红叶
卷起了最美的一页秋
我知道,岁月深处
如果真的可以有一隅清宁
定会是你之于我

且容我的月
只照你的窗吧
让染了寒意与画意的小楼
在半炉檀香的腾挪里脉脉入诗

是的,你是我的诗
是蘸着一兜打折百草的寒霜
想为流光写的诗

她是相思最好的姿势

是生命在西风里最温暖的偈颂

(听喻晓庆、巫娜专辑《天禅4》之

《心悦清净》有感)

失色
——立冬

杨柳被斩了头颅
传说是为了
明春的扶水流风更妖娆

那些传说里
我的确还知道
这是一场从淑到芜的轮回

不管你愿意还是不愿意
此刻,蒹葭正在回雪
桃花已是天涯

一直侥幸窃喜
可以逃过这一刀的无名小草

同样青颜失色、衣衫不整

我的确还知道
即将与之相近相狎的
那抹疏影横斜会步之后尘
沉浮或明灭

这一幅又一幅的嫣然又泫然啊
要耗尽多少修为
才得以冲破命运的封印
重生

（听喻晓庆、巫娜专辑《天禅4》之
《尘世因果》有感）

绕指绕
——小雪

若这一朵清逸
还是你前世三千弱水的唯一
请收好，泊于胸口

晨曦直至暮霭
缕缕芳魂化作了浓浓淡淡的墨晕
铺成了一案的八百里加急

打开一阕青山的倒影吧
让人落泪的小令便在指尖妖娆妩媚
横生在了家乡冬日湿冷的枝头

心事沉下又浮上来
若你肯回眸，定会看见

黄梅三两朵在西风中清袅舒逸

漪水的光阴
在等一场惊心动魄的冷香
在等这场惊心动魄于你的人间绽放

幸好啊！思念无声
幸好，十里春风被押回了山寨
绕指的柔魂，才得以有足够的时间
铭记只有你在的这一折

（听喻晓庆、巫娜专辑《天禅4》之
《如影如声》有感）

始终
——冬至

站在北回归线上
瞩望着你
也瞩望着我们的国

至南的太阳在默默地回眸
四季依然亭然
依然宛转于眼底

秋收了终,冬藏着始
岁月的动车之上就剩下了你我
那就提笔运墨吧

朱白钤印
翩翩红红的小梅花

在菱花镜里次第绽放

看,春又生

(听喻晓庆、巫娜专辑《天禅5》之
《法界悠然》有感)

不言,代言
——大雪

几匹雪色渲染着远方
一截狼毫,在纸上日夜兼程
被做旧了的一颗心
便一脚踏进了冬的创意
来或者是去,你都是夜色最美的代言

一首诗的干净与温柔
足够唤醒夜里我与雪的往昔
那年那月啊,有平有仄
灼灼着一滴滴有关季节有关遇见
有关生命的禅意

将泪光忽略吧
托起瓦钵,踏雪去吧

不乞佛说的四谛法

可以将相思的顽疾治愈并超度

唯愿在肋骨之间绽放出一朵雪莲花

几番踯躅，瓦钵不言

又欲趁着梦里的桃夭尚魅

让这颗旧的心从此长眠不醒

孰料，你的代言

打翻了一钵的菩提

（听喻晓庆、巫娜专辑《天禅 5》之
《守心转境》有感）

清极
——小寒

暮色在心尖
裁出了一页有关寒冷的想象

竹炉汤沸火初红啊
一支琴曲正在赶来的路上
来,今夜不喝酒

一缕来自赵州禅师的茗香
携着一怀雪意
潜进了正在讽诵《坛经》的琉璃盏

朔风有何惧,清极若你
风华三千有何羡,天涯有你

就此，一湾茶趣

摆渡了仿若藕丝般的相思

（听喻晓庆专辑《茶界6》之《以茗邀约》有感）

花骨冷宜香
——大寒

从影子最长的那一天开始
一幅有关季节的画卷
便消瘦了两汉时的飘雪

在嫦娥的袖间翻着没有你的风景
最初的欲语还休
被写进了纳兰性德的《生查子》

可否将那年六月的雨巷望穿
在南宋龙泉的隔壁
素烧出一个有关花红柳绿的传奇

披一肩思念的青云吧
这个冬天就不会冷

再借一阕花骨的清瘦词韵
同岁月换来一炉含香的炭火

最后,将一生的际遇
丰盈、枯萎、明丽、阴暗
打磨成亘古流转的炊烟与箫声

轻轻地掸去风尘
将满怀的温润与婉约
供养在雪花给红花筑起的诗文冢

(听喻晓庆、巫娜专辑《天禅4》之
《心未沧海》有感)

第四辑 尘心寻香

此间同香

你我都会在喧嚣、纷乱、迷茫、荒诞里兜兜转转、流离失所，挣扎、妥协、沉沦、出圈之间，一颗心或许不经意里便染了一缕烟尘，但终有一刻，依旧愿意选择将一颗或者疲惫，或者灰暗，或者破碎，或者重塑的心灵，向着朝阳、向着妙善，也终会有一日，这颗惹了尘的心被惹了尘的心通透、清明，不再狼烟四起，不再困顿荒芜，终会得来属于自己的河清海晏，得来独属于自己生命的心香一瓣。

心茶
——听南箫曲《意阑珊》

一苇借着东风过渡
此岸的芦花闪着灵光
潜隐着祖师禅

塘里的莲说着出尘
说着秀水与泥淖共生着慈悲
说着淑芜皆是为了济世

檀林门前邀来箫声喝茶
举杯之时不论来意
你说看山不是山
佛不也是舟楫

(听《中国音乐地图》之陈悦南
箫曲《意阑珊》有感)

心光
——听箫曲《光》

当光找到你时
你相信了你就是她的
只是,亮的部分
已经走失了
莫名的幽香

如今你是旧人
黑暗溶解了你的翅膀
只留下索光的图引
还有十指
御光的方向

来时的门关上了
要去的路

脚印扎入了土壤

年轮让开了缝隙

善良的心带上阳光

云游着四方

（听戴亚专辑《水月空禅心》之《光》有感）

心经
——听琴曲《西行取经》

为了光明
寻找一盏灯
不惜付出生命

夜的狰狞
包围着心径
企盼月能入梦

情的纠缠
名利的纷争
金乌下的薄冰

独坐莲前

灵魂回到了

一滴水的纯净

(听龚一专辑《琴呼吸·大唐西域记》之

《西行取经》有感)

心星
——听筝曲《扶风》

宇宙之外
洛迦渡口
杨柳拈起女儿的红
扶风游走

独坐黄昏
易安湝然
睫的羽翼悠悠地颤
心星在盼

清凉云水
雨前雨后

愿剪一段虹霞画一盏灯

礼请菩萨为我点亮

（听常静专辑《常静同名专辑》之《扶风》有感）

心痕
——听箫曲《静虑》

一阶一阶的月光
一阶一阶的蝉鸣
抬脚时犹疑
只怕弄散
满身的树影

一次一次的漂泊
一次一次的追踪
走走又停停
云水羁泊
无痕亦无声

菩提树
叶叶入定

七宝池

念念平常

一片梵文经

被人间的烟火温柔讲诵

一折木鱼的清响

悄然间又过了三更

（听戴亚专辑《水月空禅心》之《静虑》有感）

心声
——听琴曲《我心依旧》

雨落沙洲
谁解风尘
千年的玉管
在云皋之巅清漪着尘心

铺开素卷
隐约磬音
一怀的慈悲
化作了香积温暖着人间

拎起芒鞋
行香贝叶

有衲子为伴

一阕佛心带走了我的心声

（听龚一专辑《琴呼吸·大唐西域记》之

《我心依旧》有感）

心禅
——听琴箫曲《任逍遥》

竹林幽玄
系着妩媚的山石
因缘真的啊
不可喻

不可喻的
尚有内心的悸动
卷起裤管
邀溪去

无语涉渡
莲子忘记了心苦
在水际的边疆任逍遥
和风,飞鬵

禅画清奇

空灵一地的记忆

千里之外

是疼惜

(听巫娜专辑《天禅》之《任逍遥》有感)

心书
——听箫曲《明月天涯》

九十九番禅坐
默诵贝叶
九百九十九回聆听
世间真情

半纸尘香遗爱
空前绝后
一支前世借来的狼毫
逶迤着清妙

此间的八万四千句赞偈
句句为你
就算善恶染泪了明月

我的佛珠

依旧为你划过旖旎

(听《中国音乐地图》之张笛洞箫曲

《明月天涯》有感)

心虹
——听琴曲《心印自然》

一天雨

一天晴

听风的女儿

总会在一个

突然的转折处

撞见

醉心的彩虹

一声笑

一抹泪

怜云的女儿

定会在一湾

不知名的清溪里

摇醒

荷叶上的露

一束光
一声唤
一曲琴箫窈
长亭在飞扬
雾岚早已是过往
远处
梵呗扣心窗

（听巫娜专辑《天禅》之《心印自然》有感）

心香
——听琴曲《四季轮回》

清晨燃一炷檀香
傍晚满地的阴凉
你的美
我的禅
多想是悠然的旧时光

碾过城市的喧嚣
看着落日的彩光
野草青
又变黄
黄了仍会浴火里含香

一切无所谓结束
像这落日与草床
某个晨
某个季

某一个心性中的燃香

天龙八部又奏起
江湖的鼓乐与笙歌
最后的黄昏
你在咏唱
我临禅窗

一声引磬在呼唤
千江明月依然芬芳
推开蒲苇
再燃一炷
心香

（听巫娜专辑《禅踪》之《四季轮回》有感）

心蝶
——听琴曲《心游太虚》

翩跹在庄周梦里
脱颖着一只蝴蝶
越过轮回的隧道
在双眸幡然醒来

看你是山
又不像山
观你是水
又不似水

当日我未来时
你已来
明朝我将去时
你还在

忽飞忽停

能舞能静

演潜天地

笑傲死生

（听巫娜专辑《禅踪》之《心游太虚》有感）

心桥
——听琴曲《渔樵问答》

桥上人流熙攘
桥下水波滉漾

各走各的道路
各有各的方向

红尘模糊了心窗
看不清来时航迹

河水清寂不见鱼
岸上远近曼歌漾

桥碑问我：你是谁
山溪抢答：水月朋

皆为漏网之鱼

岁月不老情肠

（听龚一《古琴专辑》之《渔樵问答》有感）

心钥
——听筝箫曲《悟》

拈来心事观山河
背着，显得沉重
放下，忽如烟散
万丈阳光里不再有缺残

找出胭脂解封岁月
可图画，可虹彩
可留白，智者观
在风中依然垂钓着天籁

清华从未改
未改的还有那副心花篌

尽管，泪光在天光中划过

心钥始终在左手

（听覃晔专辑《茶禅一味》之《悟》有感）

心钟
——听筝箫曲《归》

钟声穿越万水千山

清音淙淙

一个个礼拜聆听的心情

直比那无须禅坐即入禅的松风

钟声湛然着檀林

轻轻召唤你

一次次地回到了少年

羁泊半生却依然不改赤子衷肠

钟声唤出你的前世

来自土地

来自地藏胸怀的广阔

翻越风雨归来时依旧披着一身春光

(听覃晔专辑《茶禅一味》之《归》有感)

心炬
——听琴曲《一朵青莲》

要比所有的航灯

都明亮

都温暖

都懂得

在黑夜里的秘密

一支有情的彩炬

伴在你的身旁

像佛手

驱散寒冷与忧郁

或许你还在哭泣

无声息泪眼戚

却也是

生命原本的赞偈

跟上心炬的亮光
一卷书一场雨
缩短着
心和影子的距离

（听赵晓霞专辑《绿绮琴歌》之《一朵青莲》有感）

心之潭
——听筝箫曲《醒》

云中白雁

深秋飞过寒潭

自此，定格

烙下了冷月的痕迹

尽管禅者叮咛

要顿悟要清明

寒潭却将伤心

布成了背景

莫问要有多少痴心

反复透支

无尽演绎

一次次的逢场作戏

雁声去后

念更在一念之外

岁月迷离

再也载不动那心潭

(听覃晔专辑《茶禅一味》之《醒》有感)

心空
——听箫曲《空》

月起

曲正央

香

皈依了一船的风

风中遗落如雪般的笑容

多少暗涌

冲淡着万朵梨花,敲响了钟声

星子

倚黄墙

香

经行着僧庐的窗

那些没有句点的莲花词

一晌禅光

讽诵出千古流传的"如是我闻"

柴门
化达摩
香
潜入《坛经》的山山水水
梦中又听见了曹溪宝林的风幡之论
到底风动还是幡动
不过是一颗心，染了尘也空了尘

（听戴亚专辑《水月空禅心》之《空》有感）

诗心，乐心
——中国式的浪漫主义情怀

中国式的浪漫主义思想，不但形成的早，其发展过程也非常的稳定且一代代的被继承发展。而在中国古代文学与艺术的作品当中，最能体现浪漫主义思想的艺术形式是诗歌与戏剧。其中，屈原、曹植、阮籍、李白、韩愈、白居易、苏轼、李清照等诗人为中国式的浪漫主义文学留下了一笔又一笔的浓墨重彩。

作为中华以文学著称于世的第一人，屈原是中国浪漫主义文学的奠基者，是"香草美人"的浪漫主义诗人的鼻祖。屈原的浪漫主义诗歌，重在表现作者内心的情愫，将赋、比、兴巧妙地糅合成一体，大量运用了"香草美人"的比兴手法，将抽象的品德、意识与复杂的现实关系生动形象地表现出来。屈原的作品突破了《诗经》以四字句为主的格局，每句五、六、

七、八、九字不等，也有三字、十字句的，句法参差错落、灵活多变，句中句尾多用"兮"字，以及之、于、乎、夫、而等虚字，用来协调音节，造成起伏回宕、一咏三叹的韵致，这是屈原的伟大文学创举，也是中国浪漫主义文学的最显著特征。

所以，"其衣被词人，非一代也"的屈子精神与情操，是我等子孙需要用一辈子的时间去仰望、膜拜、继承与弘扬的。尽管深深地知道，我辈人微力弱，所做之事更是沧海一粟，但人的一生，总有一些东西，是要持之以恒且不计得失地去固守，去身体力行的。譬如，将心遨游在中国古典文学的诗情画意里，打捞出专属于自己风格的诗词文章；将耳安住于中国民族丝竹的淙淙泠泠里，陈情出为自己生命着色的玉振金声。

而放眼中国浪漫主义文学的碑刻，有这样一位女子，她千古绝尘，她冠绝一代，她就是李清照。"诗情如夜鹊，三绕未能安"——这是李清照对自己诗才的肯定，也是对其自身价值的肯定。她用自己的诗作抒发对江山日月的热爱、对家国覆灭的悲愤忧伤，以及对美好生活的向往与希冀。她的诗，风格豪迈遒劲、奇气横溢，善于使事用典、借古讽今，想象丰富，语境飘逸。她的词，清婉清丽，缱绻悱恻，遣词造句音节和谐、流转如珠，极具音乐美，后人称她为"婉约词宗"，更尊她为藕花神。千百年以来，李清照的中国式浪漫主义文学与情怀，辉映着山南，泽被着海北。

  是的，诗歌在诞生之初，也与音乐结下了不解之缘。音乐是诗歌的灵魂，诗歌的发展更迭与音乐有着密切的关系，它们在艺术的殿堂里相辅相成。在《尚书·尧典》里"八音克谐，无相夺伦，神人以和"，这大概是有关诗、乐、歌舞共同出镜的最早记载。因此，音乐性，作为诗歌的审美特质之一，在诗歌的发展史上扮演了重要的角色。纵观中国文学史，从《诗经》、楚辞、汉赋到唐诗、宋词、元曲，都存在着诗歌与音乐互相配合、互相启发、互相渗透、互补共生的范例。从《诗经》到汉魏六朝的乐府，大多诗歌都可和乐而歌。诗歌发展到唐宋时期，出现了依据曲谱进行创作的歌词，再到元、明以后的剧曲与散曲，尤其是七言律诗的韵、辙、抑、扬、顿、挫与乐的旋律、节奏、起、承、转、合都有着异曲同工之妙。诗歌里蕴含了音乐的美，音乐中流连着诗歌的意。

并且，大多的文人墨客是精通乐律的，而乐者对诗赋文章也是有所涉猎的，甚至有的有着很深的造诣。于是，诗者与乐者，彼此相知相惜，互相肝胆相照。"绣口一吐，就是半个盛唐"的李太白与音乐大家李龟年，便共同演绎了流传千古的《清平调词三首》。而李龟年与王维、杜甫的交情也是颇深，那首《相思》一诗就是王维写给李龟年的：红豆生南国，春来发几枝，愿君多采撷，此物最相思。而杜甫的"岐王宅里寻常见，崔九堂前几度闻。正是江南好风景，落花时节又逢君"。也是写给李龟年的。到了近代，闻一多在《诗的格律》中也曾明确地提出过中国式的诗歌要有"三美"的创作特征，即音乐美、建筑美、绘画美。

诚然，我不是一个真正的诗者与乐者。长久以来，更是一直自觉有愧于先泽屈原与李清照留给我们的文化瑰宝。所幸，我有一颗诗心，也有一颗乐心。因此，相信十丈红尘、三千人间，总有一隅，是可以容我在月下、荷前，研墨走笔，弄箫听琴，即使只是在东施效颦，只是在附庸风雅，我依然愿意在此蛰居，于心笺栽诗，于耳畔种乐，于中国式浪漫主义文学的烟海里，尽情地将生命与生活际遇的所有美丑、善恶、悲欣、得失荣辱、家国情怀等，借山水、日月、清风、雨雪、花草树木、油盐酱醋、琴棋书画茶等，以婉约或豪放的模样，去晏晏飞逸，去灿然绽放，若是喜剧，让她温婉如玉的款款涓涓；若是悲剧，让她梨花带雨的寂寂凉凉……

是以，音乐诗人陈悦的笛箫国乐，就被我一次又一次地轻轻吟、浅浅诉：她在幽幽惆怅，她在清阒悠扬，她在婉约微凉，她在明媚流觞。许久许久以来，聆听陈悦成了我的诗词文章的灵感源泉，因为她的笛箫艺术表现风格细腻雅逸，婉约不失清朗，现代不失传统。她是在用最真切的情与最超绝的艺，共同旖旎出了一曲又一曲的天籁之音，征服了成千上万的爱好民乐的华人。

"不论东方还是西方，音乐没有高低之分，但音乐有粗细之分。一定要做出精美的、能打动人心的音乐，这样的音乐一定是让你觉得能够温暖你、缩短你和音乐之间的距离"——这是陈悦给自己的音乐的留白，也是我如此仰慕她的原因，这段留白，命定一般地契合熨帖了我写字的初心与衷心，因为我一直觉得生命就是一场单程旅行，从来都是"身外为财，心上为情"，而文字与音乐恰恰皆是心上之事，她们有温度、有高度、有宽度也有深度，这般有声与无声的诗韵，该会是只有在宋·严羽的"吟咏情性"（出自《沧浪诗话》）之中才能遇见吧。

　　如此，既然是心上之事，那就让心魂穿上中式的圆袍广袖，穿越唐风宋雨，在每一寸些许清寒、些许馨暖的光阴的生宣之上，泼墨写意。于是，心上的情与诗，在清亮与清婉的龙言凤语里怆然、怃然、杳然、怡然、淡然、澄然、般若寂然。于是，如丝如绸的笛声与箫声吹美、吹净了江南与江北。于是，昔日的红花与绿萼，此刻的檀烟与松墨，尽皆在香草美人的传承里，将毕生钟爱的中国式的浪漫主义诗行，落笔，成册。

最后，之所以将这几段心言再次附录在本书作为后记，是写字的态度也是毕生的文心，愿意用自己粗鄙的笔墨为中国传统的审美思想而发声，尽管见识浅薄，尽管会贻笑大方，但中国文学艺术的传统美学一直是此生的至爱，为这份爱而努力坚持，便是一生最美的风景。感谢此生所有的遇见——美丑、善恶、好坏、炎凉、云泥、顺逆……要眇宜修，祝福我们都能在此间拥有一脉属于自己的心香。

2024 年 8 月 23 日

于琉璃光工作室